CLAUDINE DUGUÉ

D0309709

Le Petit Train de nuit

Éditions de la Paix

$\int$ODEC
Québec ::

Le Conseil des Arts : The Canada Council
du Canada : for the Arts

Nous remercions le Conseil des Arts du Canada de l'aide
accordée à notre programme de publication.

Nous reconnaissons l'aide financière du gouvernement du
Canada par l'entremise du Programme d'aide au dévelop-
pement de l'industrie de l'édition (PADIÉ) pour nos activités
d'édition.

Claudine Dugué

Le Petit Train de nuit

Illustration Jean-Guy Bégin

Collection *Dès 9 ans*, no 35

Éditions de la Paix

pour la beauté des mots et des différences

© 2003 Éditions de la Paix

Dépôt légal 1er trimestre 2003
Bibliothèque nationale du Québec
Bibliothèque nationale du Canada

Imprimé au Canada

Illustration   Jean-Guy Bégin
Graphisme   Vincent Gagnon
Révision   Jacques Archambault

Éditions de la Paix
127, rue Lussier
Saint-Alphonse-de-Granby
Québec J0E 2A0
Téléphone et télécopieur **(450) 375-4765**
Courriel **info@editpaix.qc.ca**
Site WEB **http://www.editpaix.qc.ca**

Données de catalogage avant publication (Canada)

Dugué, Claudine

    Le petit train de nuit

    (Dès 9 ans ; 35)
    Comprend un index.

    ISBN 2-922565-71-8

    I. Bégin, Jan-Guy. II. Titre.
    III. Collection: Dès 9 ans; 35.

PS8557.U381P47 2003   jC843'.6   C2003-940203-7
PS9557.U381P47 2003
PZ23.D83Pe 2003

À ma mère

Chapitre premier

C'est si bon dormir !

Monsieur Rémy Després exerçait son métier en pantoufles. Il était chef de gare. Son logis, niché au premier étage, lui permettait cette paresse vestimentaire. À peine réveillé, la bouche encore pâteuse de sommeil et les yeux vagues, il descendait pour donner le signal de départ du premier train. Son sifflet à roulette accroché au cou et sa clé enfouie dans son pantalon, il se raclait la gorge avec un petit son bref, triiiit ! Les voyageurs, peu nombreux à cette heure matinale, bâillaient à pleine bouche. Les matins de pluie, où l'air est si humide qu'il vous glace les os, le chef de gare enfilait son uniforme de travail par-dessus son pyjama. Quel bien-être alors que de sentir la chaleur du lit emprisonnée dans ses vêtements !

L'arrivée du second train, vingt-sept minutes plus tard, lui donnait le temps d'aller se glisser dans ses draps encore tièdes. Il remontait dans son logis et plongeait sous ses couvertures. Il ronflait avec une horloge dans la tête. Le bruit de roulis des trains suffisait à le réveiller, même depuis que la compagnie de chemin de fer avait électrifié son réseau, car les trains étaient plus silencieux. Du temps des trains à vapeur, son nez seul lui servait de réveil. À plusieurs centaines de mètres de son lit, la fumée noire sortant des cheminées lui picotait les narines.

Les cheveux en fouillis sous sa casquette de chef de gare, il redescendait en somnambule sur le quai. Un petit sifflement, un geste mou de la main à l'adresse du conducteur et hop ! le deuxième train fuyait jusqu'au prochain arrêt.

Il s'étirait comme un chat pour réveiller son corps avant de grimper dans son capharnaüm. Chaque matin, il cherchait sa cafetière. L'odeur du café le sortait des vapeurs du sommeil. Il aimait tellement dormir !

Selon les habitudes de la gare, ses collègues arrivaient pour le passage du troisième train et le chef, lui, ne réapparaissait que pour l'arrivée du quatrième convoi. Par chance, les trains ne roulaient pas la nuit.

Chapitre 2

Une virée en locomotive

Assis confortablement dans sa bergère, le chef de gare rêvassait au temps des trains à vapeur. Et par instants, il soliloquait en se rappelant ses débuts. Cet été-là, la compagnie de chemin de fer avait recruté trois apprentis. Souriant à l'idée de devenir conducteur de trains, Rémy s'était lancé dans l'aventure.

Le premier jour, un peu intimidés, les trois jeunes candidats se tenaient droit comme des piquets devant la gare.

— Entrez ! entrez ! criait-on.

Rémy, avec son foulard effrangé et ses cheveux aux épaules, arborait un air bohème.

— Toi, le bohémien, quel âge as-tu ? a interrogé un cheminot.

— J'ai quatorze ans, monsieur, a répondu Rémy.

— Où sont les ciseaux ? a-t-il demandé en lançant des œillades à la ronde. Ha ! ha !... Venez, je vais vous présenter à vos chefs conducteurs, déclara-t-il sur le ton de la plaisanterie.

Le tour de la gare s'est fait comme une promenade, soit le nez en l'air à chaque cri d'oiseaux. Avec leurs airs moqueurs, les cheminots donnaient de rudes poignées de mains et aussi quelques clins d'œil.

— Hé ! les jeunes, attrapez ça, leur a-t-on crié.

Trois livres, grands comme une poche de veste, leur sont tombés dans les mains. Des romans ! Jamais Rémy n'aurait imaginé devoir lire du Émile Zola pour son apprentissage. Jamais. *La Bête humaine* sous le bras, les trois apprentis se sont presque fait renvoyer à coups de pied aux fesses.

— À lire pour demain, a dit une voix rieuse. Drôle de journée !

Rémy roulait tous les jours avec un conducteur chevronné. Jamais il n'avait pris autant de plaisir à se salir. En bourrant la chaudière de charbon, le vent lui ramenait la suie en plein visage. La sueur lui collait les cheveux à la peau du cou. À chaque pelletée, une vague de chaleur l'envahissait. Au loin, les rails à perte de vue. La liberté. Des idées folles couraient dans sa tête comme, par exemple, de rouler la nuit, avec quelques lanternes chinoises accrochées à la locomotive. Le soir, l'eau tiède et le savon à l'huile d'amande lavaient cette bonne fatigue de la journée. Rémy était heureux.

L'été s'achevait. La compagnie de chemin de fer semblait très satisfaite de leurs aptitudes d'apprentis conducteurs. La réponse officielle leur serait postée d'ici à quelques semaines. Tout s'annonçait pour le mieux pour les trois candidats. Dès le printemps prochain, ils assumeraient la responsabilité de conducteur subalterne. Et dans trois ans, chacun conduirait *seul* une grosse machine fumante.

Leur apprentissage allait prendre fin dans quelques jours. Et dans la tête de Rémy mijotait un coup fumant. Grisé à la pensée d'une escapade nocturne, il a chuchoté à l'oreille de ses compagnons :

— Cette nuit, on part en virée. Histoire de fêter ça.

À l'écoute de son plan, les yeux s'agrandissaient de stupéfaction. Rémy dépassait les bornes. C'était une virée casse-cou.

— Et si on se fait pincer ?

— Aucun risque, le rassurait Rémy. Le gardien ronfle pendant des heures.

Ce gardien s'était aménagé un nid douillet dans la salle d'attente. Duvet, lampe à pétrole et théière suffisaient à son bien-être. Alors certaines nuits, il faisait sa ronde... dans ses rêves seulement.

La nuit, les locomotives étaient remisées en file indienne sur une voie de garage et l'endroit demeurait désert. Parfois quelques rôdeurs furetaient çà et là, mais d'ordinaire, c'était le calme plat.

Et on vit trois silhouettes qui couraient sur les rails.

— Vite ! vite ! on n'a pas toute la nuit, lançait Rémy à ses deux compagnons de virée.

Ils ont d'abord changé l'aiguillage pour diriger la locomotive sur la voie centrale. Ensuite ils ont pris d'assaut la première de la file. Rémy s'affairait à allumer la chaudière en silence, mais le cœur tambourinait dans sa poitrine. Et le grand plaisir de l'interdit rendait les mains moites et mouillait les aisselles.

— Hé ! vous autres, c'est pas l'temps d'accrocher les lanternes, les grondait Rémy.

La locomotive s'est enfin ébranlée à grand bruit. Mais ces tonnes de ferraille se déplaçaient avec une lenteur d'escargot. Dérober une machine était un jeu d'enfants, c'était du rêve à l'état pur. Quelques manœuvres adroites, et les voilà maintenant lancés à bonne vitesse. Mais à l'approche du passage à niveau, des frissons leur ont parcouru le dos. La barrière pointait vers le ciel.

— Et si une voiture traverse le chemin de fer ? ...

Ce murmure s'est perdu dans le bruit des pistons. Un froussard se cachait parmi eux. Ils retenaient leur souffle pour plonger dans la nuit. Ouf ! La locomotive a traversé la route sans embûches.

Passées les premières gares, la voie serpentait dans une plaine. Puis elle se faufilait dans une forêt avant de s'engager dans une « traboule ». Le feuillage formait une voûte végétale. Dans ce tunnel de branchage, la nuit semblait opaque. Seuls les feux de la locomotive projetaient des faisceaux de lumière sur les rails.

— Où on est ? a demandé une petite voix craintive.

— Quelque part dans l'arrière-pays, a répondu Rémy pour ne pas inquiéter ses compagnons.

À vrai dire, il l'ignorait totalement. Mais ce paysage inconnu exerçait une véritable fascination. Et, tout à coup, Rémy a constaté que personne ne s'occupait de rien.

— La chaudière ! elle est presque vide. Du charbon, vite ! a-t-il ordonné en chef des opérations.

— Inutile, a répondu l'apprenti au regard fouineur.

— Qu'est-ce que tu racontes ? s'est inquiétée une voix pleine de trémolos.

— Ce n'est pas NOUS qui conduisons la locomotive. Voilà pourquoi !...

Un silence s'est insinué entre eux pendant quelques secondes. Les idées se bousculaient dans leur tête. Pour raviver un peu les esprits, Rémy a lancé d'un air moqueur :

— Qui, alors ? petit malin.

— La locomotive, c'est ELLE qui nous conduit, a répliqué l'apprenti qui semblait tout savoir.

Le ton sérieux de la réponse a donné du poids à leurs doutes. C'est à peine s'ils ont remarqué son rythme ralenti. Et, par surprise, ses feux se sont éteints.

— Ha !... Chut !... Faut pas s'inquiéter. Elle n'est pas méchante, a expliqué l'apprenti aux yeux fouineurs. Je roule avec elle depuis le début de mon apprentissage. Elle aime s'amuser et jouer des tours, c'est simple.

Les deux autres, ahuris, l'ont regardé bêtement. À croire que la locomotive avait manigancé toute la virée. Quelle blague !

Dans la nuit noire, au milieu de nulle part, chaque petit bruit grossissait les peurs. Les aiguilles des cadrans s'affolaient ; les pistons coursaient à un rythme accéléré et les soupapes battaient tambour. La locomotive reprenait de la vitesse. Et soudain, au sortir de la voûte de branchage, ha !... hooo !... le choc des couleurs... l'émerveillement ! Des rouges orangés, des verts, des nuances de bleu et des jaunes dorés, en forme d'arc, prenaient leur élan de chaque côté de la voie. C'était hallucinant ! Les bouches entrouvertes et les yeux écarquillés, cette image éblouissante se gravait dans leur mémoire. Un petit vent froid soufflait. Derrière ces couleurs se dessinait une cordillère. Ils roulaient sous un arc-en-ciel en pleine montagne.

Fascinés par la magie des lieux, Rémy et ses compagnons en perdaient la notion du temps. Et ce diable-là filait à toute allure ! Dès potron-minet, les cheminots s'activaient au travail. Il fallait donc rentrer en gare, et vite ! La locomotive zigzaguait dans les méandres du chemin de fer à toute vapeur. Tantôt aux abords d'un lac, tantôt le long d'une rivière. La sirène s'animait toute seule comme pour manifester son contentement. *Il a raison,* pensait Rémy dans son for intérieur, *elle est plutôt amusante, cette locomotive !*

Quelle chance ils avaient ces trois-là ! La plaine défilait sous leurs yeux et déjà les premières stations approchaient. Du rêve plein la tête, les apprentis ont à peine remarqué la rentrée en gare. Puis la locomotive s'est replacée en début de file, a éteint ses feux et a calmé ses ardeurs. Elle paraissait en tout point semblable aux autres, des tonnes de ferraille figées dans leur assemblage.

Rémy a jeté un œil dans la salle d'attente ; le gardien de nuit dormait comme un bienheureux. À première vue, tout paraissait tranquille. Dans quelques heures, ils se retrouveraient au côté de leur chef conducteur pour leur avant-dernière journée d'apprentissage. En esprit, ils parcouraient encore les montagnes.

— Déjà debout, les jeunes, a bâillé le gardien plein de sommeil.

— Ouais, qu'ils ont répondu.

— J'gage que vous avez dormi toute la nuit ? a demandé Rémy, l'air de rien.

— C'est bien possible, mon garçon.

Puis il s'est dirigé vers les pissotières. La journée s'est passée comme d'habitude, sans encombre. Le lendemain itou. Aucune allusion n'a été faite au « petit emprunt » de la locomotive – rien ! Alors, fous de joie, ils ont commencé à faire des pantalonnades sur le quai. Ils marchaient sur les mains en grimaçant et faisaient des roulades en imitant des cris d'oiseaux. Les voyageurs riaient, mais certains les traitaient de vauriens. Trop heureux pour s'offusquer, ils leur tiraient la langue.

Enfin calmés, ils ont cassé la croûte avec les cheminots. Baguettes de pain croustillant, camembert, saucissons et vin blanc encombraient un bureau. Ça sentait bon. L'ambiance était joyeuse et les poignées de mains se multipliaient. Leur apprentissage se terminait sur une note prometteuse.

— À l'année prochaine, les jeunes ! ont lancé les cheminots au moment de la fermeture de la gare.

— Salut à tous, ont répondu les apprentis.

Cette nuit-là, ils ont ronflé sur un banc de la salle d'attente aux côtés du gardien. À trop rêvasser, le chef de gare s'était endormi dans sa bergère.

Chapitre 3

Les marches sur les rails

Le chef de gare marchait parfois la nuit jusqu'à la maison du garde-barrière, son vieux copain, pour jouer au tarot. Pieds nus sur le rail, ses pantoufles à la main, il avançait ainsi pendant un kilomètre jusqu'au passage à niveau. Un original, ce chef de gare ! De sa fenêtre, le garde-barrière le regardait jouer les acrobates. Il marchait avec un fanal en point de mire, bras ouverts comme pour assurer son aplomb.

Et le chef de gare raconta :

— J'avais un copain qui marchait sur les rails après l'école. Et quand je le talonnais de questions, il répondait :

— Que tu es bête, Rémy, parfois ! Je m'exerce à mon équilibre.

Comme si cela allait de soi ! Un jour, il m'a fait très peur. Intrigué par cette curieuse habitude, j'ai traîné sur la voie des trains de marchandises. Devinant mes intentions, il m'a dit :

— D'accord, mais à condition que tu restes à une distance de cinq bras derrière moi. Sans parlotte, sans plainte – RIEN ! J'ai juste une heure pour m'entraîner.

Le marcheur du rail prenait les choses au sérieux.

— Et tu reviens comment ? ai-je demandé.

— Je refais le trajet en sens inverse sur l'autre rail, a répondu mon copain.

Avant de commencer son exercice, il se tenait debout, comme un pieu, à deux pas du rail, les yeux fermés. Il semblait en pleine méditation. Et, tout à coup, il a ouvert les yeux, a enjambé neuf traverses et a monté sur le rail au dixième pas.

— Une sorte de rituel, a murmuré le garde-barrière pour lui-même, car jamais il n'interrompait les récits du chef de gare. Trop heureux d'écouter les histoires fabuleuses qui peuplaient l'imagination de cet homme.

Et le voilà parti pour parcourir trois kilomètres et deux cents mètres de rail droit. Aller et retour. Moi, je suis monté paresseusement sur la barre d'acier et j'ai suivi ce fou. Le soleil dardait sur nos têtes et, après vingt minutes de ce manège, j'avais chaud et je rêvais de mordre dans une orange juteuse.

— Hé ! attends-moi, j'ai trop chaud. Faut que j'enlève ma veste.

Il n'a pas daigné répondre, a précisé le chef de gare. Mon copain avançait la tête haute, avec l'horizon comme point de mire. Un train grondait au loin. Distrait par l'aboiement d'un chien, il a perdu l'équilibre et la pointe de son pied a touché la traverse.

Alors que je mourais d'ennui, il est revenu sur ses pas en comptant à haute voix :

— ...3,4,5,...8.9....

Comme ça, jusqu'à dix.

— Ha ! non, quoi encore ? Qu'est-ce que tu fais ?

Il m'a dévisagé d'un air mécontent. Les mots sortaient de ma bouche tout naturellement :

— Et les trains !... tu les oublies ?

Son silence m'embêtait. Le rituel du départ reprenait. Statufié à côté du rail, il me donnait une impression grotesque. Je pensais même qu'il riait de moi. Mais le grondement du train commençait à m'inquiéter. Alors, je me suis plaint ouvertement :

— T'es pas drôle, tu sais. De toute façon, un train s'en vient. Tu l'entends pas ? Eh ! descends, qu'est-ce que tu manigances ?

Le marcheur du rail sentait les vibrations dans ses jambes et, par habitude, il a fait encore trente-huit à quarante et un pas... sans se retourner. La sirène du train a retenti avec insistance, et j'ai vu le conducteur faire de grands gestes. Alors pris de panique, je me suis précipité sur mon copain pour le pousser. On est allé rouler dans l'herbe. Il était furieux ; moi, en colère.

— T'es fou. Qu'est-ce que t'essaies de prouver ? T'es pas con, pourtant, ou alors... t'as une tête fêlée.

Sa riposte est partie d'un trait :

— Tu oublies les conditions qui m'ont fait accepter que tu viennes !

J'étais sidéré.

— Les conditions ! que je répétais. Tu mets ta vie en jeu, et tu me parles de conditions !

— Je sais QUAND descendre, m'a-t-il répondu. Je fais ce trajet depuis deux ans. Je m'entraîne pour devenir funambule. Voilà !

J'étais tellement surpris que je n'ai pas pu m'empêcher de dire bêtement :

— Tu marches sur les rails depuis deux ans !...

Lui, agacé, a pris le chemin du retour en marchant, cette fois, sur les traverses. Par chance, il n'était pas rancunier, a confirmé le chef de gare en sirotant un café noir de Java.

Vers trois heures du matin, le chef de gare a enfilé ses pantoufles sans chaussettes pour s'en retourner dans son capharnaüm. Il marchait sur les traverses avec une envie de dormir à la belle étoile. Au loin dans la nuit, quelque chose grondait. Il s'est allongé dans l'herbe en mâchouillant une brindille comme au temps de ses vagabondages par monts et par vaux.

Un jour, il avait dormi dans un wagon à moutons. Il s'y était caché juste avant le départ du train. Les bêtes affolées faisaient un chahut de tous les diables. Assis dans un coin, les doigts dans les oreilles, il attendait le calme. Couchés les uns contre les autres, les moutons ont fini par se tranquilliser. Le vagabond s'était alors blotti entre leurs pattes le temps d'une sieste.

Le chef de gare croyait encore sentir l'odeur de la laine, car son nez le chatouillait. Et là, les yeux tout ronds écarquillés, il est resté bêtement la bouche ouverte. Sur la voie glissait une forme floue, presque dansante. Un nuage de fumée s'en échappait. *Je deviens fou*, pensait-il. *Je vois un train à vapeur en pleine nuit, alors qu'il n'en passe plus depuis presque vingt ans !* Il s'est mis à rire, tellement c'était bizarre. Il n'y avait plus que la nuit, maintenant. Et de vagues bruits au loin ressemblant à des tchouf ! tchouf ! tchouf ! de locomotive comme pour le narguer, lui, le chef de gare. Ses yeux n'étaient que des plaisantins, son nez un fumiste et ses oreilles des bouffonnes.

En route vers la gare, les mains dans les poches, des bêtises lui montaient à la tête comme au temps où il pissait sur les bancs du quai avec les copains. Ils étaient trois chenapans prêts à tout pour ennuyer les voyageurs. Ils barbouillaient les poignées de portes de glu et détraquaient l'horloge de la salle d'attente. Une effronterie sans limites. Mais leur plus grand plaisir était de répandre des asticots dans la gare. Partout ! Près du guichet, sur les côtés des banquettes, sur l'étalage du kiosque à journaux... Ils en jetaient des dizaines dans les valises et les sacs ouverts. Et mine de rien, ils en éparpillaient quelques-uns sur les chapeaux des voyageuses assises. À la vue de ces asticots dodus et grouillants – bons au goût, d'ailleurs, sautés à la poêle avec du beurre et des épices... –, c'était l'affolement. Et les trois chenapans se tordaient de rire à s'étouffer.

Arrivé dans son capharnaüm, le chef de gare s'est glissé dans son lit moelleux jusqu'au passage du premier train. Bien emmitouflé au chaud avec ses souvenirs au creux du bras.

Chapitre 4

Un dimanche
à toute vapeur

Le lendemain, le chef de gare a paressé sous les couvertures jusqu'à midi. L'œil rond et pétillant et la tête bouillonnante. Les premiers trains sont repartis sans son coup de sifflet.

Au milieu de l'après-midi, il a montré le bout de son nez. Avec son petit sourire en coin et sa casquette mal ajustée, il exhibait un air insolite. C'était un homme peu bavard et plutôt solitaire, mais cette journée-là, sa mine s'apparentait à celle d'un gamin espiègle. Ses collègues lui jetaient des regards amusés. Il était bizarre, le chef de gare, ce jour-là. Et malgré son travail en retard, il ne faisait que gesticuler. Il donnait l'impression de répéter une pantomime. L'envie le démangeait de leur parler du petit train à vapeur de la nuit précédente. Et, tout à coup, il s'est mis à raconter d'une voix joyeuse. Les mots lui postillonnaient de la bouche :

— Des chaussures neuves à la mode... un jouet pour épater les copains de classe...

Du charabia, quoi ! Chaussures ! Jouets ! Ses propos étaient incohérents. Captivés, malgré eux par ce drôle d'oiseau, les employés de la gare lui prêtaient une oreille curieuse.

— Quand j'étais gamin, a déclaré le chef de gare, je pensais seulement à enquiquiner les autres. J'étais pas méchant, non, seulement, j'aimais jouer des tours un peu salauds. Mon père me prenait pour un sans-cœur. Et pourtant, si je voyais un chat à la patte cassée, je sentais l'envie de verser une larme. Il me connaissait mal et ignorait même que je chérissais une idée déjà bien ancrée dans ma tête de garnement. Moi, je voulais conduire un train ! C'était le cadeau d'anniversaire que je désirais pour mes onze ans. Quand mon père l'a su, il m'a ri au nez. J'ai failli recevoir une gifle, cette journée-là.

— Conduire un train ! Où as-tu la tête ? Rémy, m'a-t-il répondu.

J'avais cette lubie en tête depuis l'âge de trois ans. C'est fou, quand j'y pense, mais je suis né dans un train, alors ça explique peut-être cette envie bizarre.

— Vous êtes né dans un train ?... a répété un de ses collègues, émerveillé par le côté fabuleux de la chose.

— Mais, oui ! a répondu le chef de gare d'un ton naturel.

Ma mère était partie seule rendre visite à ses parents. Ce n'était pas si loin, à peine une demi-journée de train. Ma naissance était prévue une semaine plus tard. Mais voilà que Mère-Nature a tout chamboulé. Une femme allait accoucher, là, sur la banquette. Contractions, grimaces de douleur et tutti quanti. Imaginez l'affolement des voyageurs ! Elle m'a raconté qu'au moment où le train s'est engouffré dans un tunnel, elle s'est mise à crier. Mais ce n'était pas un cri de douleur, non, c'était un cri de fillette excitée par la joie.

Alors moi, en gamin têtu, je rêvais déjà d'être dans une locomotive pour actionner la sirène à chaque passage à niveau et pour crier de toutes mes forces dans les tunnels.

La gare prenait des allures de petit théâtre avec son chef de gare métamorphosé en conteur. Le travail allait au ralenti. Ses collègues se relayaient pour siffler les trains et vendre les billets aux voyageurs. Certains s'impatientaient, car on entendait le ting ! ting ! ting ! de leurs clés sur la vitre du guichet.

— J'agaçais si bien mon père avec cette idée, continuait le chef de gare, qu'un jour il a pris la mouche :

— Tu n'auras rien pour tes onze ans, c'est décidé !

Le coup était dur. Je suis devenu mélancolique. Je traînais les pieds en marchant ; je mâchouillais un élastique ; j'oubliais de me coiffer et de me brosser les dents, et même de changer de culotte.

Tout le monde dans la gare a ri quand il a prononcé le mot *culotte*. Surtout que ce jour-là, le chef de gare portait son pyjama sous son uniforme. Chut !... Écoutez !

Et ma mère m'a chuchoté à l'oreille :

— Je la trouve sensationnelle, moi, ton idée.

Sur le coup, j'ai dû la regarder bizarrement, car elle s'est mise à rire. Mais il y avait un tel éclat dans ses yeux que je l'ai crue.

— Vraiment ! tu voudrais toi aussi conduire un train, vrai de vrai ?

Et je répétais ces mots qui la rendaient joyeuse. Ha ! les mères... J'adore la mienne.

Les collègues étaient médusés. Monsieur Després retombait en enfance. Le récit déboulait de la tête du chef de gare comme des wagons lancés sur une voie pentue. Rien ne l'arrêtait.

Alors, j'ai dit à ma mère :

— Eh bien ! je t'emmène.

Je l'ai prise par la main. Qu'elle était moite, cette main ! Ma mère était tout énervée. Une vraie gamine. Je l'avais rarement vue dans un état pareil.

— Écoute ! a-t-elle dit, toi, tu conduiras le train et, moi, je te regarderai. Ça me suffira.

C'était donc sérieux ! Elle voulait être près du chauffeur, salir sa robe de suie et regarder son fils conduire une locomotive. J'avais une mère géniale et je ne le savais pas. C'était fou, fou, répétait le chef de gare.

Il régnait une sacrée bonne humeur dans cette gare. On commençait même à y sentir une bonne odeur de café, et les boîtes de macarons sortaient des tiroirs.

C'était un dimanche, j'avais onze ans depuis l'aube. J'ai griffonné un mot pour mon père :

— Je vais conduire un train, mais ne t'inquiète pas.

Et je l'ai jeté sur la table.

— Il va être furieux, a déclaré ma mère, et pendant ce temps-là, on va s'amuser comme des petits fous.

J'ai même conseillé à ma mère quelques petits changements vestimentaires, a précisé le chef de gare :

— Tu devrais mettre un pantalon, c'est plus commode pour courir.

— Un pantalon ?... courir ? a-t-elle répondu avec étonnement, ton père trouverait cela bizarre, non ? Et puis je n'ai pas l'intention de prendre le train en marche.

Elle est sortie en coup de vent. Je la suivais du regard par la fenêtre. Avec son sac en toile de jute, elle donnait l'impression de partir au marché comme tous les dimanches. Le nez collé au carreau, soudain, j'ai eu un vilain doute. Et si ma mère avait un grain de folie dans la tête ? ou pire !... si elle jouait la comédie ?

J'ai attendu que mon père rentre pour filer. Enfin, la clé a tourné dans la serrure, et en trois enjambées, je suis arrivé à la porte.

— Je cours chez le boulanger, ai-je lancé à mon père, alors que je courais à la gare. À plus tard.

Ma mère n'était ni folle ni comédienne, elle m'attendait, assise sur un banc. J'étais stupéfait !

Mais... saperlipopette ! quelle drôle d'allure elle avait ! Je suis resté figé devant elle comme un cheval de bois. Et, tout à coup, les mots se sont rués dans ma bouche :

— T'as fait des nattes à tes cheveux ?

— Mais, oui, mon Rémy. Pourquoi tu t'inquiètes comme ça. Tu n'as pas remarqué tout ce vent, aujourd'hui.

J'ai reniflé une sorte de ah ! tout bête. Elle m'a souri et m'a donné un baiser sur le nez. J'avais l'impression que ma mère voulait se transformer en écolière. Et puis je l'ai vue se gratter une jambe. Certains voyageurs la regardaient de façon étrange, mais, elle, sans gêne aucune, avait glissé sa main sous sa longue jupe et se grattait le genou.

— Ça me pique, la laine, m'a-t-elle expliqué.

— T'as mis des chaussettes ? mam...

Le mot *maman* me paraissait si ridicule, à cet instant-là, que je n'ai pas pu le prononcer.

— Bien sûr, voyons ! c'est beaucoup plus chaud que des bas de nylon.

Elle avait repris son air de gamine et, curieusement, c'est moi qui me sentais un peu responsable d'elle. Elle a ensuite enlevé ses chaussures à petits talons pour enfiler des espadrilles.

— Tu vas porter ça ? lui ai-je chuchoté à l'oreille.

Des sursauts de rire étouffés entre les mains, elle se moquait de moi. Je me sentais en pleine rêverie. Et puis... au diable la réalité ! Je me suis dit : *J'ai onze ans, je suis grand maintenant, et je vais conduire un train.* Mais nous étions comme deux enfants, fébriles à l'idée de faire des choses interdites. On se tiraillait, par instants, et j'en oubliais que c'était ma mère et que j'étais son fils. Elle me racontait ses petits secrets de fillette. C'était ma « sœur », et nous nous amusions. Elle s'est mise à crier :

— Le train ! le train ! avant même de voir le nez de la locomotive.

Elle avait l'ouïe fine ou les oreilles bien curées. Le train est alors arrivé en crachant sa grosse fumée noire. Les voyageurs grimpaient dans les voitures sans prendre garde à nous. Ma « sœur » m'a tiré par la manche, puis nous avons grimpé dans une voiture pour aussitôt ressortir par la portière opposée. On s'est retrouvé au milieu de la voie ferrée.

— Vite ! vite ! m'a-t-elle chuchoté.

Ensuite, sans bruit, on s'est faufilé jusqu'à la locomotive.

— Viens ! qu'est-ce que tu attends ?

Je la regardais qui se recroquevillait en petit tas sous le marchepied. Une maligne, car le conducteur avait pour habitude de jeter un œil à l'extérieur des deux portières avant le démarrage du train. À contrecœur, je me suis calé près des roues. Au coup de sifflet du chef de gare, le conducteur a sauté dans la locomotive et hop ! le train s'est ébranlé. Je me demandais pourquoi nous restions là sans bouger.

— Un peu de patience, Rémy, penses-tu qu'ils vont apprécier de nous avoir dans leurs pattes ? Pour eux, nous serons comme deux polichinelles sortis d'une boîte à surprise.

Après quelques secondes interminables, elle m'a lancé d'une voix excitée :

— À nous, l'aventure ! Tu es prêt ? À mon signal : un, deux, trois... c'est parti !

J'avais une mère folle ou une garçonne pour « sœur ». Le train roulait et nous étions encore sur le marchepied. Quand le conducteur nous a vus, il a poussé un... ha !... de surprise. Il criait comme un diable :

— Qu'est-ce que vous faites là, les enfants, c'est dangereux, sautez, vite ! avant que le train ne prenne de la vitesse. Allez !

Sa grosse voix bourrue m'a fait frissonner. Ma « sœur » riait comme une folle ; moi, je me demandais quelle énorme bêtise nous faisions. Le train fuyait sur les rails. Impossible de sauter, maintenant. Le conducteur paraissait furieux :

— Grimpez, vite ! espèce de morveux.

C'est qu'il avait une responsabilité, lui. Il voulait avoir la paix pour conduire sa locomotive.

Dans la gare, ses collègues ont éclaté de rire. À la grande surprise de tous, Rémy a ordonné :

— Écoutez bien, préparez des dizaines de billets pour toutes les gares desservies et déposez-les dans des paniers d'osier. Faites aussi des étiquettes pour indiquer les destinations. Aujourd'hui, c'est gratuit !

Sur le guichet trônait le panneau « Fermé ». Ha ! la bonne idée. Tous approuvaient. Une petite euphorie planait dans l'air. Le soir approchait et, au lieu d'allumer les affreux néons, quelqu'un a allumé des lampes à pétrole. Un autre a baissé les stores accordéon. Le chef de gare jouissait d'un auditoire attentif. Accoudés au dossier de leur chaise en grignotant des macarons à la noix de coco, ses collègues attendaient la suite du récit. Sur le plancher traînaient les vestes de travail et, depuis un moment déjà, les cravates ne serraient plus les cous. Les collègues ont commencé à battre des mains en cadence, comme des enfants. L'entracte s'achevait. Le conteur a posé ses fesses sur la paperasse éparpillée sur son bureau et a raconté sur le ton de la colère.

Tandis que le chauffeur riait à pleine gorge, le conducteur, lui, nous grondait :

— À la prochaine gare, je vous jette dehors, ouste ! et ne venez pas vous plaindre. C'est compris ?

Le chef de gare a tapé du poing sur son fichier pour accentuer son effet. Le conducteur nous a ordonné de nous asseoir dans un coin, à même le sol, sans bouger le petit doigt, rien ! et bouche cousue. Sinon...

Le bruit à la ronde m'étourdissait. Il fallait hausser le ton pour se faire entendre. Le crissement des roues sur les rails, le va-et-vient des pistons, le raclement de la grosse pelle sur le sol et la dégringolade du tas de charbon à chaque pelletée, tout ça plongeait dans une atmosphère étrange. On se serait cru dans le ventre d'une bête géante. Une vague de chaleur nous submergeait. Chaque fois que le chauffeur engouffrait du charbon dans la chaudière, la vague revenait. Son visage était noir de suie. Il s'est mis à crier soudain :

— Chef ! chef ! permettez-moi de prendre un peu de repos, je suis épuisé. Depuis ce matin, je n'arrête pas.

— D'accord, tu l'as bien mérité. Fais-toi remplacer par la fillette, a raillé le conducteur.

Pelotonnés l'un contre l'autre, nous entendions leur gros rire. Et ma « sœur », folle à coup sûr, s'est levée d'un bond et leur a crié de sa voix fluette :

— Très bien ! je vais le remplacer pendant qu'il se repose.

— Vas-y, fillette, travaille ! a grondé le conducteur, ça te servira de leçon.

Avec son teint rosé et ses habits propres, elle a ramassé la pelle et lancé ses premiers boulets de charbon. Ses espadrilles se noircissaient déjà et le bas de sa jupe formait une bordure de couleur caca d'oie. Indifférente à la saleté, elle souriait. Nous autres, nous avions les yeux rivés sur elle.

Ce rude travail d'homme accompli par une fillette paraissait irréel. S'attendant à des crises de larmes et à des : *Je veux re-*

tourner à la maison, le conducteur et le chauffeur s'étonnaient de ses fous rires.

— Youppi ! youppi ! criait-elle, je conduis une locomotive.

— Toi ! le garçon, viens donc ici, m'a ordonné le conducteur. Sûr qu'avec tes ongles bien propres, tu n'as jamais mis les mains là-dessus ?

Il m'a empoigné la main et l'a plaquée sur une manette poisseuse. De la graisse noire, dégoûtante et figée s'enfonçait sous mes ongles. Pouah ! J'écarquillais grand les yeux devant ce fatras de cadrans, de manettes, de manivelles et de poignées ; c'était à n'y rien comprendre.

—Contente-toi de garder une main là-dessus et un œil sur la pression de la chaudière. Histoire de tenir le rythme, me déclarait-il avec autorité.

J'étais fasciné. Les arbres défilaient à toute vitesse. Le train roulait à près de cent kilomètres à l'heure. Un petit virage se dessinait au loin à l'approche d'un tunnel. Enfin un tunnel pour crier tout mon soûl. Le conducteur et le chauffeur blaguaient en fumant.

— Eh Rémy !

— Je me suis retourné et ma « sœur »
m'a lancé un boulet de charbon.

Ça tachait les doigts.

— À ton tour d'alimenter la chaudière,
s'est-elle écriée, j'ai les bras morts, moi.

Tandis que je pelletais, ma « sœur »
tripatouillait le tableau de bord. Le tunnel !
Nous nous sommes regardés d'un air com-
plice. Elle me faisait des grimaces tellement
elle était énervée. Elle lançait des :

— Hourra ! hourra !...

Un phénomène, ma « sœur » ! Et le train filait si vite qu'on s'est retrouvé plongé dans le noir comme dans le fond d'une grotte. Alors je lui ai attrapé la main et j'ai dit :

— Un, deux, trois... c'est parti !

Nous avons hurlé et ri comme des fous. Ma « sœur » avait le hoquet et j'étais plié en deux juste à l'entendre. Un vrai délire ! Et, d'un coup, un pan de lumière est apparu. Le soleil dans les yeux, nous souriions. Les rails droits s'étendaient maintenant à perte de vue. Ouf ! Quelle aventure ! Je me sentais fier de moi. C'était donc ça, conduire une locomotive ! Fou de joie, je m'égosillais :

— Je veux devenir conducteur de train.

Ma « sœur » s'est jetée dans mes bras et nous avons tourné sur place en sautillant. Son petit cœur battait fort. Quel énervement !

Le train a perdu de la vitesse, puis il s'est carrément arrêté en plein champ. Je m'apprêtais à demander au conducteur ce qui se passait, mais... ah ! où était-il donc ? Le chauffeur aussi, avait disparu. Quelle vilaine blague ! Et voilà que le train s'est mis à faire marche arrière. La locomotive poussait les cinq voitures au lieu de les tirer. Je m'inquiétais un peu. Ma « sœur » m'a crié :

— Vite ! vite ! mets du charbon pour reprendre de la vitesse.

De petites bouffées de fumée s'échappaient par instants. De toute la force de nos bras, nous lancions en cadence des pelletées de boulets. Le feu rougeoyait. Nous étions heureux, sales, très sales, et nous chantions en chœur. Le temps n'existait plus. Au loin, la gare se dessinait sous nos yeux rougis par la chaleur. La sirène de la locomotive s'est actionnée toute seule. Au passage à niveau, nous avons agité les mains en signe de bonjour. Le train s'est arrêté juste devant notre banc.

Ma « sœur » est descendue la première, des étincelles dans les yeux et la tête haute. Moi, je me sentais comme un paladin qui vient d'accomplir une prouesse. Les voyageurs semblaient éberlués de voir deux enfants surgir de la locomotive. Nous nous sommes assis sur le banc. Puis, sans façon, ma « sœur » a ôté ses chaussettes de laine, remis ses souliers à petits talons et défait ses tresses. Leur curiosité piquée au vif, les gens nous toisaient du regard. Ça me gênait un peu. Ma mère, elle, ne semblait même pas s'en rendre compte. En route pour la maison, nous nous jetions des regards complices en sifflotant. Quelle journée !

Sur le pas de la porte, ma mère a secoué un peu sa jupe. Mon père, s'apprêtant à sortir, a figé sur place. Ses yeux semblaient devenus deux médailles bien rondes.

— Vous avez l'air de deux charbonniers ! s'est-il exclamé.

Bien sûr, avec les cheveux pleins de poussière de charbon, le visage et le cou noir d'un mélange de sueur et de suie et les mains et les poignets encroûtés de graisse sèche... Quelle allure ! Mon père ne comprenait rien à notre charabia. Alors que je m'attendais à une réprimande, il s'est mis à rire en disant :

— Allez, au bain !

Chapitre 5

Un conteur vagabond

Son récit terminé, le chef de gare souriait les yeux mi-clos. Un silence extraordinaire régnait dans la gare. Personne n'osait faire de bruit ou parler. Le chef s'apprêtait à partir au moment où les applaudissements ont retenti. Une petite tape sur l'épaule, des félicitations pour son talent de conteur, et le voilà rougissant de plaisir. Un grand enfant, ce chef de gare. Il s'est même fait taquiner jusqu'à promettre d'autres histoires. Tout le monde riait de bon cœur.

Une question cependant piquait leur curiosité. Et au risque d'être indiscret, un de ses collègues l'a questionné à brûle-pourpoint :

— Pourquoi êtes-vous chef de gare, alors que vous rêviez de devenir conducteur de locomotives ?

L'image d'un arc-en-ciel lui est soudain revenue en mémoire.

— À cause d'une locomotive justement, a-t-il répondu avec un petit sourire.

La réponse déroutante attisait leur envie de savoir.

— Quelle est cette histoire ?

— Tenez ! voici la lettre de la compagnie de chemin de fer. Lisez ! Tout est écrit là.

Refus de candidature de l'apprenti Rémy Després

Votre aventure dans la nuit du 22 septembre est considérée comme une grave entorse au règlement. Le gardien de nuit n'ayant rien remarqué d'insolite; c'est un machiniste qui, vers cinq heures du matin, a constaté l'état de la locomotive. Une bonne quantité de charbon avait été utilisée et la chaudière était encore pleine de braises fumantes. Preuves accablantes qu'elle avait roulé pendant des heures. Votre participation dans cette affaire étant douteuse, nous refusons votre candidature, comme conducteur subalterne, prévue pour le printemps prochain. Mais, par faveur, et comme votre chef conducteur mentionne que votre apprentissage avec lui s'est déroulé sous de bons augures - nous vous proposons de suivre une formation de chef de gare...blablabla...

Salutations...

81

L'état en était piteux. Déchiré, écorné et jauni, le feuillet tombait presque en lambeaux. Cette lettre croupissait dans la poche de son pyjama depuis très longtemps.

Leur curiosité satisfaite, les collègues lançaient des regards à la ronde. Le conteur s'était éclipsé.

Ce soir-là, la clé est restée dans la porte de la gare.

Le chef de gare a ensuite grimpé dans son capharnaüm, ramassé çà et là quelques affaires et les a jetées dans son baluchon. Une seule idée courait dans la tête du chef de gare : si le petit train à vapeur passait devant sa gare, eh bien... il sauterait dans un wagon !

Montréal, automne 2001

Table des matières

Des livres pour toi

aux Éditions de la Paix

127, rue Lussier

Saint-Alphonse-de-Granby, Qc   J0E 2A0

Téléphone et télécopieur (450) 375-4765

info@editpaix.qc.ca   www.editpaix.qc.ca

Claudine Dugué

Le Petit Train de nuit

Mylen Greer

La Maison de Méphisto

Danielle Boulianne

Babalou et la pyramide du pharaon

Francine Bélair

SOS porc-épic

Les Dents d'Akéla

Sélection de Communication jeunesse

Claire Mallet

Un Squelette mal dans sa peau

Prix Alfred-Desrochers 2002

Manon Plouffe

Le Rat de bibliothèque [3]

Clara se fait les dents [3]

Jean Béland

Un des secrets du fort Chambly

Adieu, Limonade ! [3]

Louis Desmarais

Tempêtes sur Atadia

Alix Christine Withfield

Le Chant de Kaalak [5]

Diane Groulx

Au delà des apparences [6]

Marcel Braitstein

Saber dans la jungle de l'Antarctique

Sélection de Communication jeunesse

suite de... **Les Mystères de l'île de Saber**

Jean-Pierre Gagnon

Don Quichotte Robidoux [3]

Collection PETITE ÉCOLE AMUSANTE

Charles-É. Jean

Question de rire, 140 petites énigmes

Remue-méninges

Drôles-d'énigmes

Robert Larin

Petits Problèmes amusants

Virginie Millière

Les Recettes de ma GRAM-MAIRE

Collection JEUNE PLUME

Hélène Desgranges

Choisir la vie

Collection RÊVES À CONTER

Rollande Saint-Onge

Petites Histoires peut-être vraies (T. I)

Petites Histoires peut-être vraies (T. II)

Petits Contes espiègles

Ces trois derniers titres ont leur guide d'animation pour les adultes

---

Documents d'accompagnement

disponibles

3 Guide d'accompagnement pour la lecture

4 Pièce de théâtre

5 Sa version anglaise, **The Owl and the Hawk**

6 Sélection de l'Association du personnel des services documentaire scolaires

*** Françoise de Passillé, roman adulte,

Un Chêne dans la tourmente

(Premier prix 2002, Auteur de la relève)